camilo josé cela

santa balbina, 37,
gas en cada piso

y otro relato

RELATO
corto
AGUILAR

Coordinación de la colección: Eugenio Alonso Martín
Dirección de arte: José Crespo
Diseño de cubierta: Alfonso Sostres
Diseño de interior: Rosa Marín
Editores: Mercedes Rubio y Alberto Martín Baró

© Camilo José Cela (*El bonito crimen del carabinero*, 1947,
   y *Santa Balbina, 37, gas en cada piso*, 1966)
© De esta edición: 1994, Aguilar, S. A. de Ediciones
   Juan Bravo, 38. 28006 Madrid

Aguilar, Altea, Taurus, Alfaguara, S. A. de Ediciones
Beazley, 3860. 1437 Buenos Aires

Aguilar, Altea, Taurus, Alfaguara, S. A. de C.V.
Avda. Universidad, 767, Col. Del Valle
México, D.F. C.P. 03100

Editorial Santillana, S. A.
Carrera 13, n.º 63-69, piso 12
Santafé de Bogotá - Colombia

Santillana Publishing Co.
901 W. Walnut Street
Compton, California 90220

I.S.B.N.: 84-03-60262-6
Depósito legal: M. 28.833-1994
Printed in Spain
Impreso en los Talleres Gráficos de
HUERTAS, S. L., Fuenlabrada
(Madrid)

Índice

Camilo José Cela, más que un Nobel

No necesitábamos que a Camilo José Cela Trulock le dieran el premio Nobel de literatura, cosa que ocurrió por fin el año 1989, para saber que el autor de La familia de Pascual Duarte (1942) es uno de los escritores más señalados de nuestro siglo.

Tampoco hacía falta que la Academia sueca que otorga el premio nos dijera que lo hacía «por su prosa rica e intensa, que con refrenada compasión configura una visión provocadora del desamparado ser humano» o que con la elección de Cela «se premia a la figura más destacada de la renovación literaria en España durante la posguerra».

Cela, sí, es un prosista de excepcional riqueza e intensidad y en su obra se esconde una mirada compasiva y cariñosa hacia el pobre hombre desvalido, aunque acabe en criminal como el campesino extremeño Pascual Duarte de su primera novela. Con este libro y La colmena, una recreación del Madrid de después de la guerra, que prohibido por la censura en España fue publicado en 1951 por Emecé Editores en Buenos Aires, Cela ciertamente renovó la narrativa española de aquella época. Pero la personalidad humana y literaria de Cela desborda los moldes de cualquier caracterización, por matizada que ésta pretenda ser.

Y es que Cela ha sido, a lo largo de su dilatada vida, poeta, periodista, torero, actor de cine y de televisión, pintor, académico, senador, yudoca y hasta vagabundo.

Nacido en 1916 en Iria Flavia, municipio de Padrón, provincia de La Coruña, hijo de padre español y madre inglesa, tenía nueve años cuando su familia se trasladó a Madrid. Él mismo cuenta que estudió con los jesuitas, los escolapios y los maristas, y antes con las monjas de San José de Cluny, y que de los cuatro colegios le echaron.

También cuenta que empezó tres carreras —Medicina, Filosofía y Letras, y Derecho— y que consiguió no acabar ninguna. Así que no posee ninguna licenciatura y tiene seis o siete doctorados, «lo que no es muy razonable» a su propio juicio. La pasión por la literatura se despertó en él muy pronto y, según los que le conocen más íntimamente, escribir es para él la actividad que le produce la mayor satisfacción: tiene la gran suerte de vivir de aquello que le gusta.

Su estilo, inicial y fundamentalmente realista, ha sido objeto de múltiples experimentaciones en novelas como San Camilo, 1936 (1969), Oficio de tinieblas 5 (1973) y Cristo versus Arizona (1988), obra esta última con miles de comas y un solo punto. Mazurca para dos muertos (1983), donde afloran sus raíces gallegas, le vale en 1984 el Premio Nacional de Literatura. Y no olvidemos sus personalísimos libros de viajes, como Viaje a la Alcarria (1948) o Del Miño al Bidasoa (1952), ni sus relatos, en los que ya están en germen esencial las peculiaridades más típicas del narrador, como El bonito crimen del carabinero y otras invenciones (1947), volumen al que pertenece uno de los dos relatos que ofrecemos a continuación. Ironía, costumbrismo, lenguaje castizo, personajes y ambientes curiosos, descripciones certeras, diálogos vivos, monólogo interior, historias que se entrecruzan, nacen y mueren... De todo esto hay en la obra de Cela. Pero el autor nunca deja solos a sus personajes, sino que, como él mismo dice, «estoy al lado de los que sufren la Historia».

Santa Balbina, 37, gas en cada piso

I

37 —Eso de que haya gas en cada piso es un adelanto muy conveniente. El gas es higiénico y económico. A veces, alguna mujer se atufa y casca. Pero eso, bien mirado, nadie lo puede evitar.

—Claro, eso está claro.

—Y tan claro, no le dé usted vueltas. ¿Que una señora se gasea? ¡Anda pues que se gasee! Pero, en cambio, las que no se gasean, ¡hay que ver lo bien que están, con todos estos adelantos de la civilización moderna! ¡Lo que hubieran dado los fenicios y los cartagineses por tener gas! ¿Eh?

—¡Ya lo creo! Yo creo que hubieran dado cualquier cosa.

—A lo mejor hubieran dado hasta sus prósperas factorías de allende los mares.

—¡Quién sabe!

—O los ricos emporios con los que se desarrollaba su comercio, cada día más lozano y remunerador.

—¡También! A lo mejor también lo cambiaban por eso, no digo que no.

—Hace usted bien en no decir que no. El hombre tiene ansias de cultura y apetencias de adelantos técnicos; de gas, de luz eléctrica, de agua corriente, etc.

Una humanidad sin apetencias de adelantos técnicos sería una mierda, ¿verdad usted?

—Sí, señor.

—Claro. Los adelantos técnicos son la llave del progreso.

—Eso, eso.

—Pues, claro. Los adelantos técnicos son la llave, la mismísima llave del progreso. Lo que hay es que a los adelantos técnicos hay que camuflarlos para que la gente no los tome a mal. Si no, le pasa a usted como a Isaac Peral[1], el del submarino, que era un sabio de tomo y lomo y una resplandecedora mente de la humanidad y, sin embargo, la gente lo tomó a choteo y acabó con él.

—Ya, ya.

—¡Mire usted, en cambio, el de la penicilina, cómo se espabiló! ¿Y usted sabe por qué se espabiló? Pues porque era inglés, y los ingleses son unos tíos muy vivos y muy espabilados. Éste de la penicilina se acordó de lo de Isaac Peral y se dijo: ojo, Fleming[2], que lo que pasa es que hay mucho envidioso, y hasta que la tuvo inventada y requetein-

---

[1] *Isaac Peral* (1851-1895): Militar y científico español. Inventó una nave submarina propulsada por un motor eléctrico de acumuladores.

[2] *Fleming*: Alexander Fleming (1881-1955). Médico británico descubridor de la penicilina. Fue premio Nobel en 1945.

ventada no dijo ni una palabra a nadie para que no le pisasen la idea. ¡Eso se llama aprender en cabeza ajena! ¿Que me van a hacer a mí lo de Isaac Peral —decía, seguramente ese sabio a su familia —y después no me van a dar mérito? ¡Ca, hombre! Yo no digo ni mus hasta que la cosa esté ya muy madura.

—¡Qué tío!

—¡Ya lo creo! A Isaac Peral le pasó aquello porque era latino. Ya sabe usted que los latinos somos gente lenguaraz, que no sabemos guardar los secretos. Después otro nos lo roba y nosotros quedamos condenados al olvido y a la indigencia. ¡Triste sino!

—Sí, señor, la mar de triste.

—Pues claro, hombre, pues claro, ¡y tan triste! Eso de la penicilina no es más que un bicarbonato un poco ilustrado. Pero han echado teatro al asunto y ahora ya ve usted, ¡todos ricos y colmados de honores, efímeros, si usted quiere, pero bien agradables! ¡Qué barbaridad!

—A mí lo que me parece es que unos tienen suerte y otros no.

—¡Hombre, claro! Como que no es otra cosa. Eso le parece a usted y eso nos parece a todos: a tirios y a troyanos[3], a capuletos y a montescos[4], a marrajos y a californios[5], a güelfos y a gibelinos[6]...

---

[3] *tirios y troyanos:* Habitantes de Tiro y Troya respectivamente. Hace referencia a partidarios de opiniones opuestas.

[4] *capuletos y montescos:* Familias de Verona enfrentadas en el drama de Shakespeare *Romeo y Julieta.*

[5] *marrajos y californios:* Cofradías de la Semana Santa de Cartagena rivales entre sí.

[6] *güelfos y gibelinos:* Partidos políticos rivales en la Italia medieval. Los primeros eran partidarios de los papas, los segundos eran defensores de los emperadores alemanes de la casa Hohenstaufen.

Sisemón pensaba: uno, dos; tres, cuatro; cinco, seis; siete, ocho. ¡Qué bestia!

De la casa número 37 de la calle de Santa Balbina, antes Roturación de Fundos Rústicos, salió una muchachita mona, que cojeaba un poco.

—O hemorroides o zapatos nuevos.

—A lo mejor es de nacimiento.

—No, señor; le digo a usted que no es de nacimiento. O hemorroides o zapatos nuevos.

—Bueno, como usted guste, yo por eso no he de discutir.

—No, discutir, no. A mí tampoco me agradan las discusiones, sino los coloquios instructivos. Lo que sí me gusta es que resplandezca siempre la verdad. Yo en esto de que resplandezca siempre la verdad soy muy quijote. La verdad es el astro luminoso que alumbra las conciencias. ¿Me entiende?

—Sí, señor, le entiendo muy bien. Siga usted.

—Pues eso. Hay que ir siempre con la verdad por delante. Yo le aseguro a usted que la cojera de esa chica, una de dos: o hemorroides o zapatos nuevos.

—Bueno, como usted guste. Yo, ya le digo, no soy amigo de discutir.

Don Clodio miró con desprecio a Sisemón, pero no dijo nada. Al cabo de un rato, don Clodio le dijo a su amigo:

—Oiga usted, Peláez, me han dicho que está usted escribiendo una novela. ¿Qué hay de cierto?

Sisemón Peláez, alias Ceniza, se puso algo colorado.

—Nada, don Clodio, ¡ya ve usted! Algo para pasar el rato...

–¿Cómo para pasar el rato? La novela es una cosa muy seria, amigo mío. ¡Ya ve usted Alarcón!

–Ya, ya...

–¡Menudo el tal Alarcón! ¡Hay que ver cómo se abrió camino!

–Ya, ya...

–Y Ponson du Terrail[7], ¿eh?, y la Pardo Bazán[8], y don Armando[9]... ¡Caray con pasar el rato! ¡Una cosa muy seria, amigo mío, muy seria! ¡Eso es lo que es la novela!

–Sí, señor, pero lo mío es otra cosa. Yo no soy ningún genio...

–¡Ah! ¡Eso es lo que usted no sabe! ¡Nadie es buen juez en su propia causa! Usted tiene un aire así, ¿cómo diríamos?, un poco pasmado, pero eso no importa. A lo mejor es usted un geniazo tremendo, un geniazo que no se lo salta un gitano.

Sisemón Peláez sonrió con dulzura.

–Es usted muy bueno conmigo, don Clodio. ¡Si fuera verdad lo que usted me dice!

–¡Anda! ¿Y por qué no? ¿Tú crees que Alarcón, sin ir más lejos, era de distinta pasta que tú?

Don Clodio se cortó en seco.

–Perdóneme usted que le haya tuteado. Uno, cuando se embala, se olvida de los tratamientos. En todo caso, quiero hacerle a usted presente que mi tuteo no significa otra cosa que cariño.

---

[7] *Ponson du Terrail* (1829-1871): Escritor francés, autor de folletines de gran éxito.

[8] *Pardo Bazán:* Emilia Pardo Bazán (1851-1921). Escritora española.

[9] *Armando:* Armando Palacio Valdés (1853-1938). Novelista español.

–Gracias, don Clodio, ya sé yo que su tuteo es cariño. Uno sabe distinguir, don Clodio. Yo le agradezco a usted mucho que me demuestre su predilección y que me tutee. Yo no soy más que un modesto aficionado a las bellas letras.

–Sí, sí, desde luego, amigo Sisemón, usted en eso de las bellas letras está aún muy tierno. Pero por algo se empieza, ¡qué caramba!, por algún lado hay que romper el hielo.

Del 37 de Santa Balbina salió otra muchachita.

–Esa no es coja.

–No, esa no. Esa anda muy bien...

Don Clodio se miró para los pies.

–Y esa novela suya, ¿es costumbrista, o psicológica?

Sisemón Peláez se quedó algo indeciso.

–Pues ya ve usted, no sabría decirle. Costumbrista, desde luego, no. Es algo poética, algo romántica. Las bellas letras son para evadirse de la realidad...

–¡Anda!

–Sí, señor. Yo lo que quiero...

A Sisemón Peláez, alias Ceniza, se le iluminó la faz con un halo de apacible beatitud.

–... es..., pues eso..., poetizar la existencia..., obtener rosicleres[10] de la diaria y cotidiana grisura...

–¿Eh?

–Obtener rosicleres de la diaria y cotidiana grisura.

–¡Pero usted es un poeta, Sisemón!

–Sí, señor, yo procuro serlo...

[10] *rosicler:* Color rosado que toma el cielo al amanecer.

–Bien, bien. Oiga, Sisemón, ¿eso de grisura es palabra castellana?

–No, señor, en el diccionario no viene. Eso de grisura es contribución mía al común acervo del idioma. Ya sabe usted que el lenguaje lo hacemos los poetas...

Don Clodio empezó a coger respeto a Sisemón.

–¡Hombre, Sisemón! Sí, eso está bien. Pero yo pienso que es a los poetas más hechos a los que eso compete.

–Don Clodio... ¡Dios habla por nuestra boca!

–¡Caray!

–Sí, señor. ¡Las musas son nuestras eternas y resignadas amantes!

–¡Caray!

–Sí, señor. ¡Nosotros portamos hacia el más allá la antorcha de los pensamientos que permanecen por encima de las fronteras!

Cuando Sisemón andaba por lo de la antorcha empezó a extraviársele la vista. Cuando llegó a lo de las fronteras, ¡zas!, se fue contra el suelo.

Don Clodio se asustó.

–Oiga, señorita, ayúdeme usted a levantar a este joven; se conoce que le ha dado un desmayo.

La señorita, cojeando imperceptiblemente, ayudó a don Clodio a sentar a Sisemón en la acera.

–¡Pobre chico! Tiene aire fino...

–Sí, señorita. Se trata de un poeta...

Don Clodio, mientras le pasaba el pañuelo por la frente a Sisemón, miró para la chica.

–Oiga, señorita, ¿le aprietan a usted los zapatos?

La muchacha se azaró.

–No...

II

Sisemón Peláez, alias Ceniza, se despertó en la salita del bajo derecho de Santa Balbina, 37.

−¿Le duele?

−¿Eh?

−Que si le duele el golpe...

−¡Ah! No, no me duele, muchas gracias. No fue nada. Gracias a Dios, no fue nada.

En torno al canapé donde Sisemón volvía a la vida había una expectante tertulia que guardaba silencio.

La chica coja, que se llamaba Alicia, no hacía más que recibir órdenes.

−Alicita, múdale el fomento[11].

−Sí, mamá.

−Alicita, levántale un poco la cabeza.

−Sí, abuelita.

−Alicita, ponle al joven un cojín en los riñones.

−Sí, tía.

Sisemón Peláez estaba pesaroso de haberse despertado.

[11] *fomento*: Compresa empapada en agua o medicamento líquido.

–¿Se encuentra mejor?

–Sí, gracias, mucho mejor...

Alicita olía a agua de colonia.

–Alicia...

–¿Cómo sabe usted cómo me llamo?

–¡Ah, es verdad! Le ruego que me perdone...

–Está perdonado. ¿Le duele algo?

–No, nada...

Sisemón hablaba con un hilo de voz.

–Alicita, abre un poco las cortinas.

–Sí, mamá.

–Alicita, prepara un poco de café para el joven.

–Sí, tía.

–Alicita, múdale el fomento.

–Sí, abuelita.

Alicita olía a agua de colonia, a jabón de olor y a caldo maggi.

–Alicita, mata esa mosca, que está molestando al joven.

–Sí, tía.

Alicita, corriendo detrás de la mosca con un ABC doblado, semejaba una Diana[12] cazadora retozando detrás de las liebres y de las perdices del Olimpo. ¡Zas!

–Eduarda, ¿qué ha pasado?

–Nada, señorita, el pijotero gato, que a poco hace una que se vea.

–Eduarda, repórtese. Ya le tengo dicho que cuando haya visitas no llame usted pijotero al gato. Llámele usted rebelde, travieso, juguetón o incluso

---

[12] *Diana:* Diosa romana de la caza y protectora de la naturaleza.

calamidad, pero no pijotero. Ya le tengo dicho que es de mal efecto. ¡Eduarda, es usted incorregible! ¡Que no se lo tenga que volver a repetir!

La mamá de Alicita miró para Sisemón.

–Usted sabrá disculparnos, joven. Esta Eduarda es una mula de varas.

–Mamá, por Dios...

–Tienes razón, hija, la hacen perder a una los estribos.

Sisemón rozó con la punta de un dedo una pierna de Alicita. El único que lo vio fue don Clodio, que fumaba en silencio.

–¡Qué tío! –pensó–. ¡Acertó con la pata sana!

Don Clodio, que se consideraba un poco padrino y mentor de Sisemón, se animó con el éxito de su pupilo.

–Señoras mías, agradezcamos a la divina providencia, que el joven dé ya muestras de volver en sí. Mi deber es advertirles, por si no lo saben, que nos hallamos en presencia de un verdadero poeta.

Sisemón entornó los ojos.

–¡Ah! Pero el joven, ¿es poeta?

–Sí, señora; un verdadero poeta.

–¿Y hace versos?

–Sí, señora, unos versos hermosos como los de Bécquer y profundos como los de Campoamor.

Sisemón, con los ojos cerrados, veía a Alicita persiguiendo moscas con su ABC.

–¿Y los publica en los papeles?

Don Clodio titubeó un momento.

–No sé; se lo podemos preguntar. Oiga usted, Sisemón, ¿ha publicado usted algún verso?

Sisemón Peláez, sin abrir los ojos, respondió:

—Sí, dos veces.

La tía de Alicita sonrió, llena de gozo.

—¡Hay que ver! ¿Eh? Dos veces ya... Oiga, joven, ¿se acuerda usted de alguno?

Sisemón Peláez se levantó. Alicita recogió el fomento, que había rodado por el suelo.

—Perdone, no me di cuenta.

—No importa.

Alicita hablaba con una voz tenue como un suspiro. Sisemón Peláez se tiró un poco de la americana para abajo.

—¿Quieren ustedes que les recite uno?

Don Clodio estaba pasmado, no podía dar crédito a lo que estaba viendo.

—Sí, sí, recítenos uno, uno de amor, si sabe usted.

Sisemón se inclinó ante la tía de Alicita.

—Sí, señora, todos los que yo sé son de amor.

La tía de Alicita se tapó un poco el escote con una mano.

—Siéntate, niña, ya llevarás después el fomento a la cocina.

Sisemón tomó aliento.

—Verán. Les voy a recitar uno de Bécquer en un arreglo mío.

Si la mosca no hubiera muerto bajo el ABC de Alicita, hubiera podido oírsela volar. El aire se paró en la salita del bajo derecha de Santa Balbina, 37, y Sisemón Peláez se arrancó:

Hoy la tierra y los cielos me sonríen;
Hoy llega al fondo de mi alma el sol;

Hoy la he visto..., la he visto y me ha mirado.
¡Hoy creo en Dios!

–¿Y ese verso está arreglado por usted?

Sisemón miró para don Clodio. Don Clodio sonreía feliz.

–Sí... Sí, señora. Ese verso está arreglado por mí...

Alicita, con la cabeza gacha, suspiraba en silencio.

–Está arreglado por mí... Sí... Por mí...

Sisemón se armó de valor, se estiró y echó un pie un poco para adelante. Estaba casi hermoso en su actitud; parecía un general romántico que se sabía centro de todas las miradas.

–Sí... Para recitarlo nada más que una vez en mi vida... El día en que ella apareciera ante mis ojos...

Alicita empezó a hipar.

–Sí... Llora, llora, delicada paloma... Ilusión...

La mamá de Alicita reaccionó:

–¡Pollo! ¡Usted es un fresco que no corresponde a nuestra caritativa hospitalidad!

–Sí... Amor mío... Vida mía... Señora, máteme... Guapa... Alicita de mi vida... Mi única ilusión...

La mamá de Alicita se puso en pie.

–Caballero, ¡salga usted de esta casa!

–¡Señora! Mis pensamientos son buenos... Yo amo a su hija... Lo acabo de notar en el fondo de mi corazón...

Alicita empezó a llorar a gritos.

–Y yo, mamá, y yo también lo amo. Danos tu bendición...

Don Clodio estaba hecho un lío. Desde luego, jamás había pensado que Sisemón fuera capaz de tal paso.

   —Un poco de calma; ruego a todos un poco de calma. Sisemón, hijo mío, vete a dar una vuelta, yo hablaré con las señoras. Dentro de una hora pásate por La Parra. Señora, tengamos calma y aplomo. Anda, Sisemón, vete ya.

   Sisemón hizo una profunda reverencia.

III

Don Clodio se sentó y dijo al chico de La Parra:

—¿No ha venido por aquí el señorito Sisemón?

—No, señor, no ha venido.

—Bueno, ponme un blanco en aquella mesa.

—¿En cuála?

—En aquella del fondo, hombre, en aquella que te estoy señalando con la mano. ¿O es que no entiendes?

El chico se calló y sirvió el blanco a don Clodio.

—¿Quiere un décimo, señorito, el de la suerte?

—No.

Por la puerta de La Parra se colaba un gris[13] fresquito que espabilaba las carnes.

—¡Niño, cierra bien la puerta!

—Sí, señor.

Un hombre con bisoñé y con una caja como la de los pintores en la mano se acercó a la mesa de don Clodio.

—¿Abro la tienda, caballero? Hojas de afeitar, boquillas de ámbar, correas de plexiglás[14], cordones

---

[13] *gris:* Viento.

[14] *plexiglás:* Material plástico, transparente y flexible, con numerosos usos industriales.

para los zapatos, mecheros americanos de fantasía. ¿Cierro la tienda, caballero? ¿No desea usted nada?

–No.

En las paredes de La Parra brillaban los tristes colores de algún viejo cartel de toros.

–¡Niño, otro blanco!

–Sí, señor.

Don Clodio empezaba a preocuparse.

–¿Dónde se habrá metido Sisemón? ¡Qué tío el Sisemón! Para que se fíe uno de las apariencias. ¡Sí, sí! ¡Menudo! A eso se le llama decisión en castellano. Y visto así, al pronto, parece una mosquita muerta, un desgraciado que en su vida ha roto un plato. ¡Qué bárbaro! Y a la niña la ha dejado coladita. ¡Qué barbaridad! ¡El flechazo! Yo no he visto en mi vida una cosa igual. ¡Qué aplomo! ¡Qué manera de plantear las cosas! Así no hay duda. Así nadie puede llamarse a engaño.

Sisemón, como un sonámbulo, entró en La Parra.

–¡Niño, otro blanco para el señor!

Sisemón estaba pálido como un muerto.

–Dígame, don Clodio, ¿la ha hablado?

–Sí, hijo, sí, la he hablado. Las he hablado a todas: a ella, a la mamá, a la abuelita, a la tía y a la Eduarda. Según me enteré, ya no queda nadie más en la familia. He hablado a todas y las cosas han quedado bastante claras. Ellas dicen que si vas con buenas intenciones nada tienen que decir. La niña está hecha un mar de lágrimas. Dice que son lágrimas de dicha. A mí, particularmente, también me parece que la niña es muy poeta. Yo

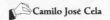

no sé, yo creo que podréis ser muy felices... Bueno, yo ahora ya te tuteo siempre... A mí me parece buena gente. La mamá tiene un estanco. La niña es guapa, ¡ya lo creo! La cojera, en realidad, casi no se le nota. No es de hemorroides. Perdona que antes lo haya pensado. Es que, de niña, le dio un paralís y se le quedó una pizquita más corta. Casi nada. Te juro que, si no es fijándose mucho, ni se nota. A la niña le han encargado un traje sastre. A mí me parece, ya te digo, que son buena gente. La abuela dice que es mejor que salgáis, sobre todo al principio, con la tía. A mí esas costumbres honestas no me parecen mal. A lo primero dan rabia, claro, porque tiene uno que contenerse, pero después se agradece. Eso de la honestidad es una gran virtud. Alicita es una chica honesta, una chica por la que se puede uno sacrificar durante unos meses. Yo ya le dije a la mamá que bienes de fortuna, lo que se dice bienes de fortuna, no tienes; pero ella me dice que eso no importa, y que si eres decente y respetas a la Alicita como se merece, hay para todos con el estanco. Yo le dije que sí, que tú la respetarías y la harías tu esposa. A mí me parece lo mejor. Los amores hay que santificarlos; si no, vienen los líos y las desgracias. Con el estanco podéis vivir todos muy bien. Y, además, eso del estanco no te priva de dedicarte a las bellas letras. Para mí que lo que quieren es un hombre; aunque haga poesías y novelas no importa. Tú puedes ser muy feliz. ¡Anda, que menuda suerte has tenido con lo del patatús! ¡Niño, dos blancos más!

Sisemón Peláez, alias Ceniza, con los ojos en blanco, soñaba inmensos paraísos de farias[15] y de papel Bambú[16], con Alicita cojeando un poco entre las resmas de efectos timbrados, y él en el medio, como un pachá, escribiendo sonoros y rutilantes versos sentado a la mesa de camilla, en la apacible, en la tibia, en la recoleta trastienda...

–Don Clodio, yo quiero que sea usted nuestro padrino y nuestro consejero y además, que no nos deje usted nunca, ni a sol ni a sombra. Mañana, cuando salga con la niña y con su tía, yo quiero que usted nos acompañe. Oiga, ¿cómo se llama la tía?

–Pía, se llama Pía.

Sisemón se quedó algo cortado.

–Bueno, no es un nombre muy bonito, pero eso no importa. Pía... ¡No está mal! Pía... Todo es cuestión de acostumbrarse... Pía... En el fondo, Pía es un nombre bonito, muy sonoro... Pía...

[15] *farias:* Tipo de cigarro puro peninsular.
[16] *Bambú:* Cierta marca de papel de fumar.

IV

Alicita de los Ríos Pavón, Pía Pavón Soler, don Clodio Giménez Ortega y Sisemón Peláez Peláez, quedaron citados, a la mañana siguiente, para dar un paseo en barca por el estanque del Retiro...

–Oye, Sisemón, yo creo que es mejor que tomemos dos barcas en vez de una. Es... ¿cómo diríamos?..., más fino, más galante. Alquilar una para los cuatro parece que es así como si quisiéramos ahorrarnos los cuartos. ¿No te parece?

–Sí, señor, como usted guste.

–Bueno, mira, como somos dos amigos, debemos hablar claro. ¿Tú tienes dinero?

–No, señor, yo no.

–Bueno, no importa. Yo te dejo un duro. Ya me lo pagarás cuando puedas.

–Mil gracias, don Clodio, es usted muy bueno conmigo.

Cuando llegó la chica con su tía, ya llevaban esperando un rato don Clodio y Sisemón. La Alicita venía muy mona. Cojeaba algo, pero casi no se le notaba. La Pía también venía mona. No era una niña, pero estaba todavía de buen ver. La Pía, fiján-

dose mucho, también parecía como cojear algo.
Don Clodio tuvo un arranque jovial que Sisemón,
que estaba algo lelo, agradeció mucho.

–¡Hola, chicas! ¿Queréis que boguemos bre-
vemente?

La Pía hizo un mohín.

–¡Ay! ¿No me marearé?

–No, mujer. La mar está en calma. ¡Je, je!
Oírme, chicas, ¿queréis que nos tuteemos todos?
¡La vida sonríe! ¡Je, je! ¡En la popa de mi navío en-
tonaré barcarolas[17]! ¡Je, je!

Don Clodio había ganado por la mano a Sisemón, y Sisemón no sabía ni por dónde empezar.
Las dos parejas se acercaron al embarcadero.

–¡A ver, matelot[18]! ¡Dos gondolillas para dos
hombres y dos mujeres!

La Pía estaba arrebolada. Aunque hacía frío, la Pía
estaba arrebolada. Hacía muchos años que no se sentía
tan feliz. Sisemón, después de un gran esfuerzo, habló.

–Le echo a usted una carrera, don Clodio.

Don Clodio, mientras ayudaba a la Pía a entrar en el bote le dijo a Sisemón:

–Tres graves faltas, Sisemón: se dice regata, se
tutea uno según hemos convenido y se me apea el
tratamiento.

Sisemón, con un hilo de voz, sonrió.

–Te echo una regata, Clodio.

Don Clodio puso un gesto evasivo y miró
para Pía.

---

[17] *barcarola:* Canción popular de ritmo ondulante, originaria de
los barqueros italianos.
[18] *matelot:* Marinero. Es un término francés.

–No, Sisemón, el músculo pierde todas las fuerzas que gana el alma...

Pía, por poco, se va al agua.

Los misteriosos vientos reinantes sobre el estanque del Retiro llevaron el bote de Alicita y Sisemón hacia el paseo, y al bote de Pía y Clodio hacia la estatua de Alfonso XII.

–¿Recuerdas, Pía, aquel romance de nuestra niñez?

¿Dónde vas, Alfonso XII?
¿Dónde vas, triste de ti?
Voy en busca de Mercedes,
que ayer tarde la perdí.

Pía, con la voluntad flotando sobre las más altas nubes, respondió:

–Sí, recuerdo. Era una canción triste, una canción que a mí siempre me apenaba mucho, nunca supe por qué.

–Pues esa canción triste, Pía, tiene un alegre reverso... Si cierras los ojos, te la canto...

Pía cerró los ojos. Don Clodio dejó los remos y le cogió una mano con suavidad. Pía lo dejó hacer. ¡Era tan feliz!

–Cántala, Clodio, cántala sólo para mí...

Don Clodio carraspeó un poco, para aclarar la voz, y cantó:

¿Dónde vas, Clodio Giménez?
¿Dónde vas, feliz de ti?
Voy en busca de la Pía,
que hoy ya me dijo sí.

A Pía le rodaron dos lágrimas por las mejillas.

–Sí...

–Gracias, Pía, lo esperaba...

La Pía, con la voz ronca por la emoción, dijo a don Clodio:

–Clodio, sórbeme esas lágrimas... Tuyas son...

Don Clodio se incorporó para sorberle las lágrimas a la Pía. El bote, por poco da la vuelta. Desde la escalinata de Alfonso XII, un guardia chistó, entre ordenancista y patriarcal:

–Compostura, parejita, compostura...

Don Clodio se sintió rejuvenecer. La Pía, ¡qué caramba!, también.

V

En Santa Balbina, 37, se armó un revuelo tremendo con los dobles amores de tía y sobrina.

—Yo no sé —decía una señora amarga que tenía tres niñas treintañeras, feúchas y flaquitas—, pero a mí estos amoríos tan rápidos no me dan buena espina, ¡qué quieren ustedes!

—¡Ya, ya! Oiga usted, el viejo me han dicho que es viudo; me lo dijo una señora que conocía a su difunta esposa. ¡Mejor haría con respetar su recuerdo y no meterse en camisas de once varas! ¿Verdad usted?

—Pues claro, hija, pues claro que haría mejor. Pero ahora, ya se sabe, ni hay principios, ni hay buenas costumbres, ni hay nada. Estraperlo[19] es lo que hay. Y vicio. Y falta de respeto. Y pocas ganas de trabajar. ¡Eso es lo que hay! ¡Mire usted que la Pía, a sus años y con esa pata seca que le ha quedado, salirnos ahora con esos amoríos con ese tío carcamal!

—Verdaderamente, ¡como si no hubiera por ahí otras mujeres de mejor ver!

---

[19] *estraperlo:* Mercado negro. Venta ilegal de productos.

–¡Y otros hombres, mujer, y otros hombres, que el mundo todavía no se acaba!

–¡Pues claro que no se acaba! ¡Eso no son más que ganas de ahorcarse en cualquier árbol, sin pararse a mirar si es pino o alcornoque!

La mamá de las niñas que se habían quedado para vestir santos, suspiró profunda y casi deleitosamente.

–Lo que pasa es que los hombres son todos un hato de beduinos que se mueren sin saber dónde les aprieta el zapato. A esos dos frescos ya me hubiera gustado a mí verlos frente a dos mujeres de verdad.

–Natural, sí, señora, muy natural. Ahí es donde puede verse a los hombres y no al lado de dos tías camándulas[20] que no tienen más que prisa y que apetitos desordenados. La mitad de las desgracias que pasan vienen porque la gente se las tiene ganadas y bien ganadas. Para mí que la Pía y su sobrinita lo único que quieren es poner los dientes largos a las mujeres honradas. Pero se van a quedar con las ganas. Todas sabemos que si no estuviera el estanco detrás, esas dos señoritingas no se casaban ni aunque echasen pregón.

[20] *camándulas:* Hipócritas.

VI

Don Clodio, con eso del amor, se sintió rejuvenecer. Ya lo dijimos antes.

–Soy otro hombre –les decía a sus compañeros de negociado–. La Pía, que Dios bendiga, me ha quitado veinticinco años de encima. ¡Qué bello es amar! ¡Qué luminosos son ahora mis días! ¡Qué dulces mis sueños y qué amables y cautivadores mis apacibles despertares!

–¡Está usted hecho un poeta, don Clodio –le decía Filemón Gomis Tortajada, natural de San Bartolomé de Pinares, provincia de Ávila, de cincuenta y dos años de edad, casado, vecino de Madrid y funcionario del cuerpo de subalternos de la administración–, un verdadero poeta!

–No, Gomis, no, no exageremos... ¡Un modesto aficionado!

–¡Sí, sí! ¡Un modesto aficionado y ha pinchado usted un estanco por retruque[21]!

–No, Gomis, no, no exageremos... ¡No es oro todo lo que reluce!

---

[21] *retruque*: Rebote, tipo de jugada en el billar.

–¡Ande usted allá, don Clodio, ande usted allá! ¡Pero sí es tabaco todo lo que huele! ¡Nos ha fastidiado con las humildades!

–No, Gomis, no, no exageremos... A la señorita Pía no le toca más que medio estanco... Medio estanco teórico... El estanco es..., ¿cómo podría decírselo para que me lo entendiese?..., algo así como un estanco in partibus[22]..., un estanco al que no puede metérsele mano...

–No, si no tema usted, don Clodio, si yo no le voy a pedir a usted que me regale las cajetillas y los cuarterones[23].

–El estanco de la mamá de la Alicita no es sólo de la mamá de la Alicita. El estanco de la mamá de la Alicita es a medias entre ella y su hermana Pía. Para instalarlo, cada una puso lo que tenía y firmaron un papel diciendo que irían en todo a medias, para que después no hubiera líos. La mamá de la Alicita puso a su marido, asesinado por los rojos, y la Pía puso los cuartos.

–Mira, Pía –le dijo a su hermana la mamá de la Alicita–, yo pongo el permiso que me dan por eso del óbito de mi Deogracias, y tú pones la tela. ¿Hace?

–Sí, hace –le contestó la Pía.

Entonces arreglaron los papeles, fueron a un notario para apuntar bien las cosas y buscaron un

[22] *in partibus:* Hace referencia a aquellas personas que tienen el título de un cargo que no ejercen. Es una expresión latina.

[23] *cuarterón:* Cuarta parte de una libra (460 g). Se denominaba así a los paquetes que contenían esa cantidad de tabaco.

hueco que estuviera bien. Lo encontraron pagando un traspasillo, retiraron de la tabacalera la primera saca, inauguraron el local con vino blanco, con magdalenas y con una charanga que sabía Marcial, El sitio de Zaragoza, Los voluntarios, La boda de Luis Alonso y La leyenda del beso, y empezaron a vivir.

–Eso es vivir del vicio –les dijo un primo que tenían, que era vegetariano y hacía gimnasia yogui.

–¡Anda, no digas tonterías! –le respondieron–. ¡Aquí el único vicioso eres tú, que quieres vivir sin trabajar! ¡Tú sí que te vas a condenar! ¡Tú te vas a condenar irremisiblemente! ¿Y sabes por qué te vas a condenar? Pues te lo vamos a decir: ¡tú te vas a condenar por haragán y por andar por ahí comiendo verde como un masón! ¡Aquí en esta casa somos todas decentes y bien decentes! ¡Para que te empapes! ¡Y estamos todas muy sanas, gracias a Dios, y no perdemos nuestro tiempo en esas pamemas de la gimnasia! ¿Te enteras?

–Sí, sí...

El primo, desde entonces, no volvió a arrimar por casa de la mamá de la Alicita.

–¿Qué le habrá pasado a ese chico? –se preguntaban las mujeres–. A lo mejor no le ha gustado eso de que abriésemos el estanco. ¡Como es tan raro!

–¡Anda ya! –decía la Pía, que era una mujer de realidades–. ¡Si no le ha gustado, allá él! ¡Nosotras no le vamos a pedir nada!

–Sí, verdaderamente...

Don Clodio, en sus conversaciones con Filemón Gomis Tortajada, tomaba siempre un aire tutelar que se le antojaba muy democrático y muy elegante.

–Amigo Gomis, ¡usted ignora los tornasolados matices del amor!

–¿Yo? ¡A ver si usted se ha creído que yo no tengo mi corazón, como cada hijo de vecino!

–No, Gomis, no exageremos... No es que usted no tenga corazón. Todo el mundo tiene corazón. Lo que pasa es que no todos los corazones se despiertan a la suave caricia del amor. El mío, sin ir más lejos, durmió largos años un frío letargo... ¡Pero ahora se ha despertado radiante para saludar a la gozosa aurora del amor! La aurora del amor... ¿Usted se percata? La aurora del amor... Eso, amigo Gomis, es algo así como la aurora boreal de las almas.

–Bueno, don Clodio, como usted guste. Pero lo que yo quisiera es hacerle a usted una pregunta, porque para mí que está usted obcecado.

–Hágala, Gomis, hágala usted sin reparo.

–¿No me lo tomará usted a mal?

–No, amigo Gomis, yo no le puedo tomar a usted nada a mal. Hágala usted.

Filemón Gomis Tortajada tragó saliva y sonrió como un conejo.

–Pues, sí. A mí lo que me gustaría saber es si esa aurora no la había sentido usted nunca, hasta que se enamoró de su novia, vamos, de la señorita Pía.

Don Clodio puso los ojos en blanco. Alrededor de los ojos tenía un cerquillo color de rosa, seguramente de la conjuntivis.

–Nunca, Gomis, ¡nunca jamás!

–Y cuando se hizo novio de su primera señora, que en paz descanse, ¿tampoco?

A don Clodio le cruzó por delante de la boca una ligera, una casi imperceptible nubecilla de remordimiento.

—Amigo Gomis, ¡no hurguemos en las viejas heridas que el tiempo se encarga de cicatrizar!

A Filemón Gomis Tortajada le cruzó por detrás de la frente un vago, un suavísimo aletear de tristeza.

—Usted perdone...

VII

Sisemón le contaba a su patrona, a doña Rufina Salustio, viuda de Notario:

–Mire usted, doña Rufina, ¿usted ve a la Rita, la que se casó con el indio?

–¿A la Gilda quiere usted mentar?

–Sí.

–Pues sí que la veo.

–¿La ve usted bien?

–Sí, señor, la mar de bien.

–Pues eso, la Rita, sólo que un poco más baja y, en vez de rubia, morena; pues así es mi novia.

–Pero si me han dicho que es coja.

–¿Quién se lo ha dicho?

–Yo no quisiera meter líos; pero a mí me lo dijo Paquito, el de doña Ernestina, la que vive en el segundo.

–¡No haga usted caso! Ese Paquito no es más que un botarate medio lila y medio giliflautas. La chica, ¡para qué la voy a mentir a usted!, sí es algo coja, yo no lo voy a negar. Todo el mundo tiene sus defectos, ¿verdad usted?, ninguno somos una obra de arte; pero que la chica sea algo coja tampoco es para estar recordándolo todo el día y para estar refocilándomelo por las narices, ¿no le parece?

–¡Hombre, sí! Y, además, que sea coja tampoco es ningún delito. El caso es que la chica sea buena, eso es lo principal.

–¿Buena? ¡Je, je! ¿Ve usted, ¡qué le diré yo!, a la santa más santa que haya? ¡Pues aún más santa, si cabe, es mi novia! Y en cuanto a la cojera, tampoco crea usted que es una cojera como para llamar la atención. No, señora, ¡nada de eso! Es una cojera discreta y que casi ni se nota. Si me apura usted un poco, hasta le diría que es una cojera que le hace gracioso, un cojear muy sandunguero.

–¡Vaya! Pues me alegro mucho. Ya sabe usted que todo lo bueno que a usted le pase, a mí me alegra mucho. ¿Y cómo se llama?

–Se llama Alicia. Su mamá y yo le decimos Alicita.

–Es un nombre muy bonito.

–¡Ya lo creo que lo es! Para mí es el nombre más bonito que hay: Alicita...

–¿Y piensa usted casarse con ella?

–¡Hombre, doña Rufina! ¡Esa es una pregunta que ofende! ¿Usted me cree a mí capaz de estar entreteniendo a un ángel como la Alicita?

–No, hombre, si no lo digo por eso. Yo ya sé que usted es un caballero; vamos, yo no puedo decir de usted otra cosa. Yo lo digo porque, para erigir un hogar, pues hay que contar con posibles. Ahora está todo muy caro. ¿Usted cuenta con posibles para erigir un hogar?

Sisemón tuvo un afortunado arranque de cinismo. Alguien que no lo conociese bien hubiera pensado que su arranque había sido de ingenuidad.

—Doña Rufina, la divina providencia me ha deparado una novia que pone ella los posibles...

—¡Caray, qué suerte!

—Sí, señora, mucha suerte, esa es la verdad; yo no puedo quejarme, yo no puedo dar más que gracias a Dios.

—Ya, ya. ¿Y usted, entonces, no tiene que poner nada?

—Mi amor, doña Rufina, mi corazón para amarla y mis cinco sentidos para hacerla feliz... Mi vista para admirarla, mi oído para escuchar su grácil voz, mi olfato para percibir su perfume... Mi tacto y mi gusto... ¡Bueno, mi tacto y mi gusto, también, claro es!

Doña Rufina cobró una gran admiración por su pupilo. Hasta aquel momento siempre había creído que era un pardillo sin porvenir. ¡Qué tío, y parecía bobo!

—Bueno, hijo, pues mi enhorabuena. Y el suceso, ¿para cuándo es?

—Pues eso aún no lo sabemos, doña Rufina, aún no hemos fijado fecha. Ella me dice que se casa en cuanto que yo se lo mande. Me dijo una frase que me impresionó mucho. ¿Sabe usted lo que me dijo?

—No, yo no.

—Pues me dijo: Sisemón, cuando una mujer quiere no tiene más voluntad que la de su amor.

—¡Vaya! Parece una chica instruida.

–Pues sí, doña Rufina, aunque me esté mal el decirlo, me voy a llevar al tálamo una chica muy instruida.

Pues nada, hijo, suerte, y que el sacerdote que les eche a ustedes la bendición en el tálamo tenga buena mano.

–Muchas gracias, doña Rufina. Oiga, doña Rufina, la bendición no se echa en el tálamo[24], se echa antes, en el altar.

–¡Hombre, pues claro que se echa en el altar! ¡O se cree usted que yo soy una inculta! Lo que pasa es que me confundí. Una confusión la puede tener cualquiera...

Doña Rufina hizo un mohín de disgusto.

–Usted no debía andar siempre corrigiéndome. Usted sabe que yo le quiero como una madre, como una verdadera madre...

–¡Hombre, doña Rufi, no se ponga usted así conmigo! Si yo alguna vez me permito corregirle, ya sabe usted que es por su bien. Si no fuese por cariño yo no me atrevería a decirla a usted nada a ese respecto. Llevo ya dos años largos en su casa, y en ese tiempo, pues claro, la he tomado a usted aprecio. Por eso me atrevo a hacerle alguna indicación.

A doña Rufina, estos raptos de Sisemón, en los que la llamaba doña Rufi, la llenaban de una extraña sensación de ternura.

–No, hijo, yo no me pongo de ninguna manera. Yo ya sé que soy una pobre mujer que no sabe nada, ni tiene estudios, ni nada...

---

[24] *tálamo*: Lecho conyugal.

–¡Hombre, doña Rufi, tampoco!

–Sí, hijo, ¡qué le vamos a hacer! Yo también sé que usted me corrige de buenas, para que no meta la pata delante de la gente. Yo también le he cobrado a usted aprecio. ¡Una no es una piedra, Sisemón! ¡Una también tiene cariño a la gente que le da de comer!

–¡No diga usted eso, doña Rufi!

VIII

Don Clodio y Sisemón, en vista de que iban a ser parientes, acordaron tomarse todos los días un par de blancos juntos, antes de almorzar. Se reunían en una tasca acogedora, tibia y rumorosa, igual que los amores pobres, que hay en la calle de Jardines, conforme se entra por Peligros, a la derecha, en la segunda o tercera casa.

Sisemón, aunque al principio le había costado algo de trabajo, tuteaba ya a don Clodio con gran naturalidad. Oye, Clodio, le decía. ¿Quieres fumar, Clodio? Déjame una peseta, Clodio, luego te la doy..., y todo así, como si fueran de la misma edad y se hubieran conocido de toda la vida.

–Oye, Clodio, tú que estás más al cabo de todo, ¿a quiénes llevaré de padrinos?

–Hombre, lo de la madrina ya está resuelto, la madre de la chica, es la costumbre. Lo que te tienes que buscar es el padrino. Si nos vamos a casar al mismo tiempo, yo no sirvo. Lo que estaría bien era que viniese tu padre.

–No, ¡ca!, mi padre no se mueve del pueblo, ¡tú no le conoces! Además es mejor que ni se enseñe. Mi padre, el pobre, es un bestia que no se puede presentar a nadie. Eructa delante de la gente y suelta tacos, unos tacos estúpidos y rebuscados que no tienen ni sentido común.

–Pero tu padre, ¿no me habías dicho que tenía estudios?

–Pues sí que los tiene, pero el caso es que no se le notan. Yo pienso que si no hubiera tenido estudios, a estas horas sería todavía peor.

–Ya, ya... Entonces no vas a tener más remedio que buscarte algún amigo que te sirva de padrino.

–Claro, lo malo es que no sé a quién dirigirme. Amigos así de confianza, la verdad, es que no tengo ninguno. Tengo conocidos, pero yo no sé si un conocido sirve para padrino.

–Hombre, para padrino sirve cualquiera, el caso es que quiera ir.

–No sé, ya iré pensando. ¿Tú llevas de madrina a la abuela?

–Claro, la abuela de la Alicita es la mamá de la Pía.

–Sí, sí... ¿Y de padrino?

–Pues de padrino había pensado en mi jefe; al hombre siempre le hará ilusión ver que le concedo ese honor.

Sisemón se quedó pensativo, dándole vueltas a la suerte que tenía don Clodio.

–Lo tuyo ya está arreglado; tú ya no tienes que tener preocupaciones. Lo malo es lo mío; a mí no se me ocurre nada. ¿A quién llevaré de padrino? Mi patrona tiene un cuñado, pero nos exponemos

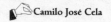

a que desluzca la cosa: tiene incontinencia de orina y huele que apesta.

—Hombre, entonces hay que descartarlo. Para llevar a un padrino que huela a water de pensión más vale no llevar a ninguno.

—Sí, eso mismo pienso yo también. Además sería hacerle un feo a mi suegra. La mamá de Alicita es muy fina, y a lo mejor, no le da la gana salir de la iglesia del brazo del cuñado de doña Rufina.

—Sí, sí, en estas cosas hay que andarse con mucho ojo, porque un detalle cualquiera puede echarlo todo a rodar. ¿No se te ocurre ningún otro?

—Pues no...

IX

La Alicita y su tía andaban muy atareadas con los preparativos de la boda. Habían pensado casarse las dos el mismo día; se ahorran muchos cuartos y, además, casarse así, las dos de golpe, era de mucho efecto.

La Alicita y su tía estaban radiantes de alegría, tan radiantes, que tenían que tomar píldoras para poder dormir.

–Trastornos neurovegetativos –les había dicho el médico a las dos–, la emoción, algo muy explicable, muy explicable...

La Alicita y su tía estaban amables y sonrientes con las vecinas. Las vecinas, cuando vieron que la cosa ya no tenía arreglo y que se casaban de verdad, también empezaron a estar amables y sonrientes con Alicita y su tía.

–Nada, nada, que sean ustedes muy felices es lo que hace falta.

–Gracias, gracias, que Dios la oiga...

La Alicita y su tía andaban todo el día de compras y yendo y viniendo a la modista y a la sombrerera.

–Yo quiero que os caséis las dos de blanco –les había dicho la abuela, cuando ya los novios entraban en la casa y las cosas tomaron estado oficial–; no se casa una más que una vez en la vida, y ese día hay que echar las campanas a vuelo. Además, el blanco es símbolo de pureza, y vosotras, ya que sois puras, gracias a Dios, debéis pregonarlo bien alto para honra de vuestros maridos. En estos tiempos de costumbres licenciosas, conviene distinguir para que la gente se entere.

La Alicita se había encargado un traje de peau d'ange[25]. A la Pía se lo estaban haciendo de crêpe satin[26]. Las vestía Suzanne, una señora muy habilidosa que se había hecho una buena clientela teniendo cuidado de arrastrar las erres. Suzanne era de La Carolina, provincia de Jaén.

–Oiga, madame –le decía la Alicita–, ¿usted cree que encontraremos buen peau d'ange?

–¡Oh, oui! ¡Ya le cree que oui! ¡De le meller, vous le veráis!

La Alicita y la Pía, en lo que no se ponían de acuerdo era en lo de la marcha nupcial. La Alicita quería que, llegado el momento, el encargado del expresivo[27] tocase la de Mendelssohn[28], que era

[25] *peau d'ange:* «Piel de ángel». Tela de tacto semejante al raso. Es una expresión francesa.
[26] *crêpe satin:* Cierto tejido satinado. Es una expresión francesa.
[27] *expresivo:* Órgano.
[28] *Mendelssohn:* Felix Mendelssohn Bartholdy (1809-1847). Compositor y director de orquesta alemán. Destacado representante del romanticismo.

más romántica. La Pía, en cambio, votaba por la de Lohengrin[29], que era más solemne.

Niñas, no reñir. Que toquen una al entrar y otra al salir.

—Anda, pues es verdad.

---

[29] *Lohengrin:* Ópera romántica de Richard Wagner (1813-1883). Compositor y dramaturgo alemán.

X

Sisemón y don Clodio habían llegado ya a un acuerdo en lo del estanco.

—Entre buenos amigos, las cosas son para hablar, no para reñir.

—Hombre, claro.

—Pues eso es lo mismo que yo pienso. Lo del estanco conviene hablarlo; las cosas cuanto más claras, mejor.

—Lo mismo digo.

—Del estanco, con un poco de orden, podemos vivir todos; lo que hace falta son dos cosas: administrar cuidadosamente y no reñir, sobre todo no reñir, que es de un efecto lamentable.

—Hombre, claro, eso es lo primero de todo. ¡Estaría bueno!

Don Clodio tomó un aire tribunicio; parecía un fiscal presumido en el momento de ir a pedir una pena de muerte.

—Escucha, Sisemón. Yo, como tú comprenderás, no voy a dejar mi empleo de la Campsa. No me dan mucho, esa es la verdad, pero, mira, ¡menos da una piedra! Además, el trabajo, todo hay que decirlo, tampoco mata. Uno va a su oficinita por las mañanas, da los buenos días, se sienta, fuma un par de pitillos, contesta un poco al teléfono, inscribe sus asientos en el libro procurando hacer buena letra, tose de vez en cuando, bebe del botijo y, cuando se quiere dar cuenta, ¡zas!, las dos. Y a primeros de mes, la paga: ochocientas pesetas que, con el descuento, quedan en setecientas treinta y cinco. Y de vez en cuando, una extraordinaria. No es para echar coche; pero, mira, tampoco es para tener que ir a la cola de los cuarteles. Yo no me quejo.

—No, no, haces bien en no quejarte; yo en tu caso tampoco me quejaría...

—Pues eso. Yo, la Campsa, no la dejo. Pero el estanco, claro, también hay que atenderlo. Ya sabes lo que dice el refrán: que el ojo del amo engorda al caballo.

—Claro.

Don Clodio carraspeó un poco.

—Lo que yo había pensado, vamos, lo que yo quería someter a tu consideración...

Sisemón Peláez se esponjó como un pavo real. Esponjado, seguramente oía las cosas mejor.

—¿A ver? ¿A ver?

—Pues sí; lo que yo había pensado es lo siguiente: yo no dejo la Campsa. ¿Por qué voy a dejar la Campsa?

—Claro, claro, ¿para qué vas a dejar la Campsa? Nadie te lo iba a agradecer.

—Pues claro que no. Yo no dejo la Campsa. Yo voy todas las mañanas a la oficina, y mira, mientras dure...

–Naturalmente, mientras dure, duró.

–Eso es. Yo voy todas las mañanas a la oficina, y tú, mientras yo trabajo en la oficina, te vas al estanco y te ocupas de lo que haya.

–Pero el estanco...

–Calla, ahora verás. Yo me voy a la oficina, y tú, mientras yo estoy en la oficina, te vas al estanco. Espera un poco, déjame hablar.

–Sigue, sigue.

–Como el estanco es de las dos chicas, de la Pía y de la Alicita, cuanto mejor lo atendamos, mejor podremos vivir.

–Claro.

–Y tan claro. ¿Que el estanco prospera? Pues mira, con eso nos encontramos. Tú, como te digo, te vas al estanco y yo me voy a la oficina. Si tú tuvieses un empleo fijo, ya sería cuestión de estudiar otra fórmula, pero como no lo tienes...

–Claro.

–Sí. Tú atiendes al estanco, y lo que se saque, a partes iguales, se lo damos a nuestras esposas para que lleven la casa y, si pueden, hagan algún ahorrillo. Y entonces, como yo, ya te digo, no voy a dejar la Campsa, nos encontramos con que nos quedan a cada uno unas pesetas para vicios.

–¿A cada uno?

–¡Hombre, claro! Tú trabajas en el estanco, yo en la Campsa, y todo lo que saquemos, a medias: lo del estanco, para la casa y lo de la oficina, para el bolsillo. A mí me parece que la cosa no puede ser más legal. Tocamos, aquí hice la cuenta, a trescientas sesenta y siete pesetas con cincuenta céntimos cada uno. ¡Tú verás! ¡Tabaco de balde y doce y pico diarias para café! ¡Y bien alimentados y bien cuidados! Yo no te digo que vayamos a vivir como Ford[30], pero lo que sí te digo es que, la verdad, nunca habíamos pensado, ni tú ni yo, no nos engañemos, en encontrar una cosa así. ¿No es verdad?

–¡Hombre, sí! ¡Una gran verdad!

–¿Entonces crees que las cosas están bien pensadas?

–¡Hombre, sí! ¡Muy bien pensadas!

–¿Entonces mi proyecto merece tu beneplácito?

–¡Hombre, sí! ¡Ya lo creo que lo merece! ¡Es un proyecto muy plausible!

Don Clodio sonrió con el gesto del triunfador.

–¡Pues nada, hijo! ¡Ahora sólo nos resta esperar!

–Eso, ahora sólo nos resta esperar.

[30] *Ford:* Henry Ford (1863-1947). Pionero y magnate de la industria automovilística norteamericana.

XI

La Alicita estaba encantada con los versos que le hacía Sisemón. Todos los días le llevaba uno. El último la había hecho llorar. Se lo recitó Sisemón, en el cine Carretas, en un descanso, mientras la tenía cogida de la mano.

Cuando volvemos las fugaces horas
del pasado a evocar,
temblando brilla en tus pestañas negras
una lágrima, pronta a resbalar.

En las negras pestañas de Alicita, tembló una lágrima, pronta a resbalar por sus mejillas... de nácar y jazmín.

–¡Ay, Sisemón! ¡Qué feliz me haces! ¿Ese verso también es con una idea de Bécquer, arreglo tuyo?

–No, Alicita, este verso es mío solo. Lo hice pensando en ti.

La Alicita apretó todavía más fuerte la mano de Sisemón. Sisemón tenía un uñero[31] en el dedo meñique y, cuando la Alicita le apretaba la mano, veía las estrellas. Pero no dijo nada.

---

[31] *uñero:* Inflamación de la raíz de la uña.

—¡Ay Sisemón! ¡Qué ganas más grandes tengo de llorar!

Por la mejilla de la Alicita resbaló la lágrima que, instantes atrás, brillaba en sus negras pestañas...

XII

La Pía y don Clodio solían ir a merendar a algún café del tercer trozo de la Gran Vía o de la calle de Preciados. En un diván, y en voz muy baja, don Clodio, mirando a los ojos a la Pía, le explicaba lo de las refinerías de petróleo de la isla de Curaçao, en las cálidas costas de Venezuela.

—¡El oro negro, Pía! ¡El oro negro! ¡El motor de la civilización moderna! ¡La palanca por la que luchan los Estados! ¡El resorte que hace saltar las guerras! ¡El oro negro, Pía! ¡El oro negro!

La Pía estaba absorta. Don Clodio la había sorbido el seso.

—¡El oro negro, Pía! ¡El oro negro! ¡En la paz, el alimento de los tractores que aran la tierra que nos da el pan! ¡En la guerra, la sangre de los aviones cuyas alas velan el sueño de nuestras mujeres y de nuestros hijos! ¡El oro negro, Pía! ¡El oro negro!

La Pía sentía por don Clodio, no sólo amor, sino también admiración y pasmo, una admiración y un pasmo que, si se pusiesen en fila, llegarían, sin duda, hasta Curaçao, en las cálidas costas de Venezuela.

—Y después, en las refinerías...

A don Clodio se le iluminaba la faz.

—Eso. Después, en las refinerías, se procede, eso, al refinado, como su nombre indica. Se coge el petróleo, el oro negro, se refina...

XIII

Don Clodio, una mañana, al salir de la oficina, le dijo a Filemón Gomis Tortajada, el ordenanza de su negociado:

—Amigo Gomis, ¿hace un vasito en compañía de mi amigo el señor Peláez, mi futuro concu-
ñado? ¡Oro de ley, amigo Gomis, y un poeta como
una casa!

—Hace, don Clodio, usted no tiene más que
mandar.

Al llegar a la tasca de la calle de Jardines, don
Clodio le dijo a Filemón:

—Mi amigo el señor Peláez no tardará en llegar. Unas veces llega él antes y otras veces, yo...

—Claro.

—¿Un blanquito, mientras esperamos?

—Muy bien, sí, señor.

Don Clodio pidió los dos blancos.

—Mi amigo el señor Peláez no puede tardar.

—Ya llegará, don Clodio, yo no tengo prisa.

—No, no, es que mi amigo el señor Peláez es
un hombre muy serio y puntual.

—Bueno, don Clodio, ¡ya llegará!

–No, si es que me extraña que no esté ya aquí. Mi amigo el señor Peláez es un hombre de gran seriedad, ¿cómo le diría a usted, amigo Gomis?, de una seriedad que no conoce límites.

–¡Vaya!

–¡Ya lo creo! De una seriedad de hugonote[32]...

Don Clodio miró de reojo para el ordenanza Gomis. El ordenanza Gomis tampoco sabía lo que significaba hugonote.

–A mi amigo el señor Peláez se le dice: a tal hora en tal sitio, y como mi amigo el señor Peláez se comprometa, ya puede hundirse el mundo que, a la hora convenida, se presenta como un clavo. ¡No falla!

–Pues a mí, don Clodio, ¿sabe lo que le digo?, pues que es así como me gusta la gente, seria y cumplidora de sus compromisos, como era antes la gente.

El señor Peláez, Sisemón Peláez Peláez, alias Ceniza, pasó por la calle, por delante del escaparate. A los pocos segundos entró en la taberna. Traía la gabardina suelta y lucía un nardo en la solapa.

–Hola, Clodio.

–Hola, Sisemón. Ya me tenías intranquilo; creí que había pasado algo.

Sisemón sonrió.

–¡Estos enamorados!

Don Clodio sonrió también.

–Sí, chico, a la vejez viruelas, pero yo, con es-

---

[32] *hugonote*: Nombre dado en Francia a los protestantes seguidores de Calvino.

to del amor, estoy como sobre ascuas; todos los dedos se me antojan huéspedes.

Don Clodio hizo un breve alto.

—Mira, te voy a presentar: mi amigo, el señor Peláez; mi compañero, el señor Gomis, de quien ya te hablé alguna vez.

—Mucho gusto.

—Lo mismo digo...

Filemón Gomis Tortajada se sintió feliz al oírse tratar de compañero por don Clodio. ¡Lo que hubiera dado porque en la Campsa se hubieran enterado!

—Pues he querido presentarte al compañero Gomis —a él, usted sabrá perdonarme, aún no le he dicho nada— a cuenta de lo que habíamos hablado el otro día, cuando andábamos buscando un padrino para ti. El compañero Gomis no sabrá negarse.

El compañero Gomis no entendía mucho lo que estaba pasando.

—Usted, amigo Gomis, no tendrá que hacer nada más que honrarnos aceptando el papel de padrino del señor Peláez el día de su boda.

—Pero yo...

—Usted, nada. Usted apadrina al señor Peláez, porque yo se lo pido, y porque usted, a mí, no sabe negarse. Usted no tiene que ocuparse de nada. Como la boda va a ser de rumbo, le alquilaremos el chaqué y la chistera, le compraremos unos guantes blancos...

—Guantes blancos ya tengo...

—Bueno, pues no le compraremos los guantes blancos. Usted no tiene más que entrar en la iglesia del brazo de la novia del señor Peláez que, dicho sea entre paréntesis, es un bombón, y que salir acompañando a la suegra del señor Peláez que, desde aquel momento, será ya mi cuñada. Lo demás, ya le digo, corre de nuestra cuenta. Si necesita algo, me lo dice y en paz: calcetines, un pañuelo, agua de colonia, lo que sea. ¿Acepta?

–¡Hombre! ¡Yo sí acepto, don Clodio! ¡Yo muy honrado! ¡Lo que no sé es si representaré bien mi papel!

–¡Sí, hombre, sí! ¡No lo va a representar usted! ¡A las mil maravillas!

Don Clodio chistó al niño del mostrador:

–¡Chico, pon otros tres blancos!

Después se volvió a dirigir a Gomis.

–Amigo Gomis, usted perdonará esta encerrona.

–No, señor, si no es encerrona.

–Más vale que lo entienda así. He querido decírselo hoy, precisamente hoy, porque hoy estamos invitados a comer, el señor Peláez y yo, en casa de nuestras prometidas, y quiero que nos acompañe para hacer las presentaciones.

–¡Pero, hombre, don Clodio! ¿Así..., de repente?

–Sí, amigo Gomis, así, de repente, es lo mejor. ¡Ya verá usted qué simpáticas son! Mi novia se llama la señorita Pía, ya lo sabe usted; la novia del señor Peláez, se llama la señorita Alicita. Ahora las conocerá. ¿Vamos?

–Vamos.

Los tres amigos salieron de la taberna. El nardo de la solapa de Sisemón tenía un vago aire de aromática niña muerta.

XIV

Los tres amigos se fueron dando un paseíto hasta casa de las estanqueras. La calle de Santa Balbina no caía lejos de donde ellos estaban.

—Este año parece que nos libramos de las restricciones...

—Sí, este año ha llovido mucho...

En la calle de Santa Balbina había un tapón de gente.

—¿Qué pasa?

—No sé, yo acabo de llegar.

Delante del número 37, una pareja de guardias contenía a los grupos de curiosos. A don Clodio y a Sisemón les temblaron un poco las piernas.

—¿Qué pasa?

—No sé, parece que ha habido una desgracia.

Los guardias de la puerta no dejaron pasar a don Clodio y a Sisemón. El señor Gomis se había quedado atrás; sin duda empujó con menos fuerza.

—¿Qué pasa?

—Nada, dos jóvenes que se han atufado...

—¡No siga!

XV

Los periódicos de la tarde daban la noticia. Informaciones publicaba una foto de la casa y un titular que decía: Víctimas del gas. Pueblo, a dos columnas, rotulaba el suceso: Dos jóvenes muertas en accidente. Madrid, decía en última página: El suceso de la calle de Santa Balbina. El Alcázar no se enteró hasta el otro día.

XVI

De luto riguroso —lutos en ocho horas— don Clodio y Sisemón, al día siguiente, presidieron el fúnebre cortejo que se formó a la puerta del depósito. Había mucha gente. Los dos estaban pálidos. Sisemón, además, llevaba gafas negras.

A Sisemón, en los oídos, le iban zumbando unas extrañas palabras que no recordaba si había oído, o si había dicho, alguna vez:

—Eso de que haya gas en cada piso es un adelanto muy conveniente. El gas es higiénico y económico. A veces, alguna mujer se atufa y casca. Pero eso, bien mirado, nadie lo puede evitar...

En el camino del cementerio, las primeras golondrinas daban veloces pasadas sobre el Abroñigal[33]...

Madrid, 25 de abril de 1951.

[33] *Abroñigal:* Arroyo madrileño que desagua en el Manzanares. Discurre cerca del Retiro y la estación de Atocha.

El bonito crimen del carabinero

Cuando Serafín Ortiz ingresó en el seminario de Tuy tenía diecisiete años y era más bien alto, un poco pálido, moreno de pelo y escurrido de carnes.

Su padre se llamaba Serafín también, y en el pueblo no tenía fama de ser demasiado buena persona; había estado guerreando en Cuba, en tiempos del general Weyler[1], y cuando regresó a la Península venía tan amarillo y tan ruin dentro de su traje de rayadillo, que daba verdadera pena verlo. Como en Cuba había alcanzado el grado de sargento y como a su llegada a España tuvo la suerte de caerle en gracia, ¡Dios sabrá por qué!, a don Baldomero Seoane, entonces director general de aduanas, el hombre no anduvo demasiado tiempo tirado, porque un buen día don Baldomero, que

[1] *Weyler:* Valeriano Weyler (1838-1930). Militar y político español. Fue enviado por Cánovas del Castillo a Cuba, en 1896, para someter la insurrección en la isla.

era hombre de influencia en la provincia y aun en Madrid, le arregló las cosas de forma que pudo ingresar en el cuerpo de carabineros.

En Tuy prestaba servicio en el puente internacional y tal odio llegó a cogerle a los perros, que invariablemente le ladraban, y a los portugueses, con quienes tenía a diario que tratar, que a buen seguro que sólo con el cuento de sus dos odios tendríamos tema sobrado para un libro y gordo. Dejemos esto sin embargo, y pasemos a contar las cuatro cosas que necesitamos.

Cuando Serafín, padre, llegó a Tuy, algo más repuesto ya, con el bigote engomado y vestido de verde, jamás nadie se hubiera acordado del repatriado palúdico y enclenque de seis meses atrás. Tenía buena facha, algo chulapa, no demasiados años, y unos andares de picador, a los que las personas de alcurnia con quienes hablé me aseguraron no encontrarles nada de marcial, ni siquiera de bonitos, pero que entre las criadas hacían verdaderos estragos.

Aguantó dos primaveras soltero, pero a la tercera (como ya dice el refrán, a la tercera va la vencida) casó con la criada de doña Basilisa, que se llamaba Eduvigis; doña Basilisa, que en su ya largo celibato gozaba en casar a los que la rodeaban, acogió la boda con simpatía, los apadrinó, con don Mariano Acebo, subteniente de carabineros y comandante de uno de los puestos; les regaló la colcha y les ofreció, solemnemente, dejar un legado para que estudiase la carrera de cura uno de sus hijos, cuando los tuviesen. Así era doña Basilisa.

Al año corto de casados vino al mundo el primer hijo, Serafín, que no es éste del que vamos a hablar, sino otro que duró cuatro meses escasos, y al otro año nació el verdadero Serafín que, aunque por la pinta que trajo parecía que no habría de durar mucho más que el otro, fue poco a poco creciendo y prosperando hasta llegar a convertirse en un mocito. Tuvieron después otro hijo, Pío, y dos hijas gemelas, Isaura y Rosa, y después se mancó el matrimonio porque Eduvigis murió de unas fiebres de Malta.

Como Serafín, hijo, entró de dependiente en El Paraíso, el comercio de don Eloy, el Satanás, donde tenía fijo un buen porvenir, el padre pensó que lo mejor habría de ser aplicar el legado de doña Basilisa, cuando llegase, a su segundo hijo, que aún no se sabía qué habría de ser de él y a quien parecía notársele cierta afición a las cosas de iglesia.

Pío parecía satisfecho con su suerte y ya desde pequeño se fue haciendo a la idea de la sotana y la teja para cuando fuese mayor; Serafín, en cambio, parecía cada hora más feliz en su mostrador despachando cobertores, enaguas y toquillas a las señoras, o tachuelas, piedras de afilar y puntas de París[2], a los paisanos que bajaban de las aldeas, y jamás pudo sospechar lo que el destino le tenía guardado para cuando el tiempo pasase.

Había conseguido ya Serafín ganarse la confianza del amo y un aumento de quince reales en el sueldo, cuando doña Basilisa, que era ya muy

---

[2] *puntas de París:* Clavos de cabeza plana y puntal piramidal. También llamados *alfileres de París.*

vieja, se quedó un buen día en la cama con un res-
friado que acabó por enterrarla. Se le dio sepultura,
se rezaron las misas, se abrió el testamento, pasó a
poder de los curas el legado para la carrera de Pío,
y éste entró en el seminario.

Serafín, padre, estaba encantado con la muerte
de doña Basilisa, porque pensaba, y no sin razón,
que había llegado como agua de mayo a arreglar el
porvenir de sus hijos, lo único que le preocupaba,
según él, aunque los demás no se lo creyeran demasiado.

Con Serafín en la tienda, Pío estudiando para
cura y las hijas, a pesar de su corta edad, de criadas
de servir, las dos en casa de don Espíritu Santo Ca-
sáis, el cónsul portugués, Serafín, padre, quedaba
en el mejor de los mundos y podía dedicar su
tiempo, ya con entera libertad, al vino del Ribero,
que no le desagradaba nada, por cierto, y a Manoli-
ta, que le desagradaba aún menos todavía y con
quien acabó viviendo.

Pero ocurre que cuando el hombre más feliz
se cree, se tuercen las cosas a lo mejor con tanta
rapidez que, cuando uno se llama a aviso para en-
derezarlas, o es ya tarde del todo, como en este caso, o falta ya tan poco que viene a ser lo mismo.
Lo digo porque con la muerte del seminarista empezó la cosa a ir de mal en peor, para acabar como
el verdadero rosario de la aurora; sin embargo, como de cada vida nacen media docena de vidas di-
ferentes y de cada desgracia lo mismo pueden salir
seis nuevas desgracias como seis bienaventuranzas
de los ángeles, y como de cierto ya es sabido que

no hay mal que cien años dure, si bien podemos dar como seguro que el carabinero esté tostándose a estas fechas en poder de Belcebú, como justo pago a sus muchos pecados cometidos, nadie podrá asegurar por la gloria de sus muertos que las dos hijas y el hijo que le quedaron no hayan tenido un momento de claridad a última hora que les haya evitado ir a hacer compañía al padre en la caldera.

El pobre Pío agarró una sarna en el seminario que más que estudiante de cura llegó a parecer gato sin dueño, de pelado y carcomido como le iba dejando; el médico le recetó que se diese un buen baño, y efectivamente el pobre se acercó hasta el Miño para ver de purificarse aunque, sabe Dios si por la falta de costumbre o por qué, lo cierto es que tan puro y tan espiritual llegó a quedar, que no se le volvió a ver de vivo; el cadáver lo fue a encontrar la guardia civil al cabo de mucho tiempo flotando, como una oveja muerta, cerca ya de La Guardia.

Cuando Serafín se enteró de la muerte del hijo, montó en cólera y salió como una flecha a casa de las hermanas de doña Basilisa, de doña Digna y doña Perfecta.

Cuando llegó habían salido a la novena, y en la casa no había nadie más que la criada, una portuguesa medio mulata que se llamaba Dolorosa y que lo recibió hecha un basilisco y no le dejó pasar de la escalera; Serafín se sentó en el primer peldaño esperando a que llegasen las señoritas, pero poco antes de que esto sucediera, tuvo que salir hasta el portal porque Dolorosa le echó una palangana de agua, según dijo a gritos y, después de echársela, porque le estaba llenando la casa de humo.

En el portal poco tiempo tuvo que aguardar, porque doña Digna y doña Perfecta llegaron en seguida; él les salió al paso y nunca enhoramala lo hubiera hecho, porque las viejas, que en su pudibundez en conserva estaban más recelosas que conejo fuera de veda, en cuanto que olieron el olor del tabaco, empezaron a persignarse y en cuanto que adivinaron un hombre saliéndoles al encuentro, echaron a correr pegando tales gritos, que mismamente pareciera que las estaban despedazando.

En vano fue que el carabinero tratase de apaciguarlas, porque cada vez que se le ocurría decirles alguna palabra redoblaban ellas los aullidos.

—¡Pero doña Digna, por los clavos del Señor, que soy yo, que soy Serafín! ¡Pero doña Perfecta!

Lo cierto fue que como las viejas, cada vez más espantadas, habían llegado ya a la Corredera y parecían no dar mayores señales de cordura, Serafín prefirió dejarlas que siguiesen escandalizando y marchar a su casa a decidir él solo qué se debiera hacer.

Doña Digna y doña Perfecta aseguraban a las visitas que era el mismísimo diablo quien las estaba esperando en el portal (que rociaron a la mañana siguiente con agua bendita), mientras Serafín, por otra parte, decía a quien quisiera oírle que las dos viejas estaban embrujadas.

Serafín, en su casa, pensó que todo sería mejor antes que renunciar al legado de doña Basilisa, y a tal efecto mandó llamar a su ya único hijo para enterarle de lo que había decidido: que fuese el su-

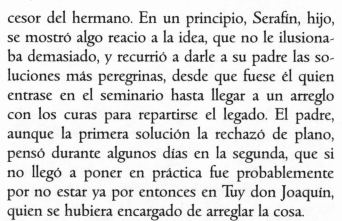

cesor del hermano. En un principio, Serafín, hijo, se mostró algo reacio a la idea, que no le ilusionaba demasiado, y recurrió a darle a su padre las soluciones más peregrinas, desde que fuese él quien entrase en el seminario hasta llegar a un arreglo con los curas para repartirse el legado. El padre, aunque la primera solución la rechazó de plano, pensó durante algunos días en la segunda, que si no llegó a poner en práctica fue probablemente por no estar ya por entonces en Tuy don Joaquín, quien se hubiera encargado de arreglar la cosa.

El hijo resistió todavía unos días más; pero, como era débil de carácter y como veía que si no cedía no iba a sacar en limpio más que puñetazos del padre, un buen día, cuando éste veía ya el legado convertido en misas, dijo que sí, que bueno, que sería él quien se sacrificaría si hacía falta, y entró. Tenía por entonces, como ya dijimos, diecisiete años.

Se vistió con la ropa del hermano, que le estaba algo escasa, y por encargo expreso de su padre fue a hacer una visita a doña Perfecta y doña Digna, quienes se mostraron muy afables y quienes le soltaron un sermoncete hablándole de las verdaderas vocaciones y de lo muy necesarias que eran, sobre todo para luchar contra el Enemigo Malo, que acecha todas las ocasiones para perdernos y que, sin ir más lejos, el otro día las estaba a ellas esperando en el portal.

El mocete se reía por dentro (y trabajo le costó no hacerlo por fuera también), porque ya había oído relatar al padre la aventura, pero disimuló, que era lo prudente, aguantó un ratito a las dos hermanas, les besó la mano después y se marchó radiante de gozo con la peseta que le metieron en el bolsillo para premiar su hermoso gesto, según le dijeron. Cuando Dolorosa le abrió la puerta aparecía compungida, quién sabe si por la ducha que le propinara pocos días atrás al padre de tan ejemplar joven.

Los primeros tiempos de seminario no fueron los más duros y momento llegó a haber incluso en que se creyó con vocación. Lo malo vino más tarde, cuando empezó a encontrar vacías las largas horas de su día y a echar de menos sus chácharas tramposas con las compradoras y hasta los gritos del Satanás. Empezó a estar triste, a perder la color, a desmejorar, a encontrar faltos de interés el latín y la teología...

Miraba correr las horas, desmadejado, arrastrando los pies por los pasillos o dormitando en las aulas o en la capilla, y a partir de entonces cualquiera cosa hubiera dado a cambio de su libertad, de esa libertad que tres años más tarde había de recuperar.

El padre se seguía dando cada vez más al vino y tenía ya una de esas borracheras crónicas que le llenan a uno el cuello de granos, la nariz de colorado y la imaginación de pensamientos siniestros. Fue también a visitar a las hermanas de doña Basilisa, sacaron ellas su conversación favorita —la del demonio del portal—, y aunque Dolorosa podía echarlo el día menos pensado todo a perder contando lo que sabía, se las fue él arreglando de forma de sacarles los dineros, a cambio de su protección y gracias a los demonios que hacía aparecer para luego espantar, y tan atemorizaditas llegó a tenerlas que acabó resultándole más fácil hurgarles en la bolsa que echar una firma delante del comisario a fin de mes.

Pasó el tiempo, seguían las cosas tan iguales las unas a las otras que ya ni merecía la pena hacerles caso, doña Perfecta y doña Digna eran más viejas todavía...

Serafín, padre, iba ya todas las tardes a casa de las viejas, donde le daban siempre de merendar una taza de café con leche y un pedazo de rosca, y allí se quedaba hasta las ocho o las ocho y media, hora en que las hermanas se iban a cenar su huevito pasado y él se marchaba, después de haberse desprendido de sus consejos contra el demonio, a la taberna de Pinto, donde esperaba a que le diera la hora de cenar.

En el figón de Pinto se hizo amigo de un chófer portugués que se llamaba Madureira y que llevaba un solitario en un dedo del tamaño de un garbanzo y tan falso como él. Madureira era un hombre de unos cuarenta a cuarenta y cinco años, moreno reluciente, con los colmillos de oro y con toda la traza de no tener muchos escrúpulos de conciencia ni pararse demasiado en barras. Vivía emigrado de su país —según decía, por ser amigo de Paiva Couceiro[3]—, y como el hombre no se resignaba a vivir como un cartujo, sino que le gusta-

---

[3] *Paiva Couceiro:* Enrique Miguel Paiva Couceiro. Militar y político portugués. Participó en diversas campañas en África y luchó por el restablecimiento de la monarquía portuguesa. Sufrió persecuciones y encarcelamientos en su país, y residió en España en varias ocasiones.

ba tener siempre un duro en el bolsillo, se buscaba la vida como mejor Dios, o probablemente el diablo, le diera a entender.

Serafín le veía con frecuencia en casa de Pinto hablando siempre a gritos ante un coro de jenízaros[4] que le miraban embobados, y aunque al principio no sentía por él ninguna atracción, ni siquiera curiosidad, por eso quizá de ser portugués, al final, como siempre ocurre, empezó a saludarlo, primero una vez en Puente Caldelas, donde coincidieron una tarde; después, en Tuy, por la calle, y por último en el figón, donde se encontraban todas las noches.

Al Madureira le llamaban por mal nombre Caga n'a tenda, porque según los deslenguados, le habían echado de la botica de don Tomás Vallejo, donde en otro tiempo prestara sus servicios, por haberle cazado el dueño haciendo sus necesidades debajo del mostrador, y tan mal le parecía el mote y tan fuera de sus cabales se ponía al oírlo, que en una ocasión y a un pobre viajante catalán, que no sabía lo que quería decir y debió creerse que era el nombre, le arreó tal navajazo en los vacíos y en medio de una partida de tute, que de no haber querido Dios que el catalán tuviese buena encarnadura y curase en los días de ley, a estas horas seguiría Caga n'a tenda encerrado en una mazmorra y más aburrido y más harto que una mona.

El Madureira y Serafín acabaron siendo amigos, porque en el fondo estaban hechos tal para

---

[4] *jenízaro:* Soldado de infantería turco. Se aplica figuradamente al hijo de padres de distinta nacionalidad.

cual, y la amistad, que fue subiendo de tono poco a poco y desde la noche en que los dos se sorprendieron, al mismo tiempo, haciendo trampas en el juego y se miraron con la misma mirada de cómplices, quedó sellada definitivamente con el más duradero de los sellos: el miedo de cada uno a la palabra del otro.

Desde aquel día, y sin que mediase palabra alguna de acuerdo, se consideraron ya como socios y empezaron a hablar de sus turbios manejos con la mayor confianza del mundo.

El Madureira enteró a Serafín de sus dos inmediatos proyectos, y como a éste le parecieron bien, dieron ya el golpe juntos. El cartero Telmo Varela se quedó sin las sesenta pesetas que llevaba para pagar un giro, y al cobrador de la línea de autobuses le arrearon una paliza tremenda por no querer atender a razones y entregarles las ciento diez pesetas que llevaba camino de la administración.

A Serafín le encantó la disposición del Madureira y su buena mano para elegir la víctima, y como ni el cartero ni el cobrador pudieron reconocer a los que les llevaron los dineros, se frotaba las manos con gozo pensando en los tiempos de bonanza que le aguardaban con los cuartos de los demás.

Se repartieron las ganancias con igualdad, diecisiete duros cada uno, porque el Madureira en esto presumía de cabal, y siguieron planeando y dando pequeños golpes afortunados que les iban dejando libres algunas pesetas.

El Madureira, sin embargo, ansioso siempre de volar más alto y de ampliar el negocio, acosaba constantemente a Serafín para animarlo a dar el golpe gordo que había de enriquecerlos: el atraco a doña Perfecta y doña Digna quienes, según era fama en el pueblo, guardaban en su casa un verdadero capital en joyas antiguas y en peluconas[5].

A Serafín le repugnaba robar a las viejas a quienes visitaba todas las tardes y quienes encontraban en él un valedor contra el demonio, porque en el fondo todavía le quedaba una llamita de conciencia; pero como Caga n'a tenda era más hábil que un rayo, y como acabó metiéndole miedo con no sé qué maniobra infalible que tenía en su mano para ponerlo, sin que pudiera ni rechistar, en manos de la guardia civil, acabó por ceder y por resignarse a planear el asunto, aunque desde el primer momento puso como condición no tocar ni un pelo de la ropa a las viejas, pasase lo que pasase.

Efectivamente, tomaron sus medidas, hicieron sus cálculos, echaron sus cuentas, dejaron que pasase el tiempo que sobraba, y un buen día, el día de San Luis, rey de Francia, dieron el golpe: el golpe gordo, según decía Madureira.

La cosa estaba bien pensada; Serafín iría como todas las tardes, tomaría su taza de café con leche y les hablaría del demonio, y Madureira llamaría a la puerta preguntando por él; subiría −con la cara tapada− y amenazaría a las dos viejas con matarlas si gritaban; Serafín haría como que las defendía, y entre los dos, se las arreglarían para encerrar-

---

[5] *peluconas:* Monedas de oro, particularmente aquellas en las que aparecía el busto de algunos de los monarcas de la casa de Borbón, con la peluca al estilo de la época.

las en un armario ropero que estaba en el pasillo y de donde las sacaría Serafín, muy compungido, al final de todo.

Sólo quedaban dos problemas por resolver: la mulata Dolorosa y el interrogatorio que le harían a Serafín. A la primera acordaron ponerle una carta dos días antes desde Valença do Miño, diciéndole que fuese corriendo, que su hermana Ermelinda se estaba muriendo de lepra, que era lo que le daba más miedo, y en cuanto al segundo decidieron, después de mucho pensarlo, que lo mejor sería dejarlo atado y amordazado, y que dijese al juez, cuando le preguntase, que los ladrones eran dos; las viejas tendrían que resignarse a quedar encerradas en el armario, pero no se iban a morir por eso.

Tal como lo pensaron lo hicieron.

Cuando doña Digna le abrió la puerta a Serafín, tirando de la cadenita que iba todo a lo largo de la escalera, creyó oportuno disculparse:

–¡Como Dolorosa no está! ¿Sabe?

–¡Ah! ¿No?

–¡No! ¡Como tuvo que ir a Valença a la muerte de su hermana!

–¿Ah, sí?

–¡Sí! Que la pobre está a la muerte con la dichosa lepra, ¿no lo sabía?

–¡Ni una palabra, doña Digna!

–Es que no somos nada, Ortiz, ¡nada! ¡Sólo aquellos que se preparan para el servicio del Señor...!

A Serafín le dio un vuelco el corazón en el pecho al oír aquellas palabras, porque le vino a la imaginación la figura del hijo. Era extraño; él no era un sentimental, precisamente, pero en aquel instante poco le faltó para salir escapando. Estaba como azarado cuando se sentó enfrente de las viejas, como todas las tardes, y delante de su taza de café con leche; una taza sin asa, honda y hermosa como la imagen de la abundancia.

Doña Digna continuó:

—Ya ve usted, Ortiz. ¡Quién había de pensar en lo de la pobre Ermelinda!

—¡Ya, ya!

—¡Tan joven! Cincuenta y un años acababa de cumplir. ¡Dios la acoja en su santo seno!

—¡Pobre...!

Serafín no sabía qué hacer ni qué decir. Se azaró, se quemó con el café con leche, que no había dejado enfriar, tosió un poco por hacer algo...

Doña Digna seguía:

—Ya ve usted, ¡no puede una estar tranquila!

Doña Perfecta, que hacía media debajo de la bombilla, se pasaba la tarde dando profundos suspiros, como siempre.

—¡Ay!

Doña Digna volvía a coger por los pelos el hilito de la conversación.

—Y como una ya no es ninguna niña.... Créame usted, Ortiz; algunas veces me da por pensar que Dios Nuestro Señor es demasiado misericordioso con nosotras... Que nos va a llamar, de un momento a otro, al lado de nuestra pobre Basilisa...

Serafín tenía miedo, un miedo extraño e invencible, como no había tenido nunca... Pensaba, para darse valor: ¡mira tú que un carabinero con miedo!, pero no conseguía ahuyentarlo. Iba perdiendo aplomo, confianza en sí mismo... ¡Como Madureira no tuviese mayor presencia de ánimo!

Doña Digna no callaba.

–Y después el demonio, con sus tentaciones... ¡En el nombre del Padre, y del Hijo, y del Espíritu Santo, amén Jesús! Dicen que también los grandes santos sufrieron de tentaciones del Enemigo, ¿no cree usted?

Serafín parecía como despertar de un sueño profundo.

–¡Ya lo creo! ¡Y qué tentaciones; da horror sólo pensarlo!

Doña Digna empezaba a sentirse feliz. Ortiz, ¡sabía tantas cosas del demonio!

–¿Y recuerda usted alguna, Ortiz? ¡Usted siempre se acordará de alguna!

Serafín tenía que hacer un gran esfuerzo para hablar.

–¡La de San Pedro!

–¿San Pedro también?

–¡Huy, el que más!

–¿Y qué San Pedro era? San Pedro Apóstol, San Pedro Nolasco...

–¡Qué preguntas! ¡Qué San Pedro va a ser! Pues... ¡San Pedro!

–¡Claro! Es que una es tan ignorante...

Doña Perfecta, debajo de la bombilla, volvía a suspirar.

Doña Digna seguía acosando a preguntas sobre el demonio a Serafín. Y Serafín hablaba, hablaba, sin saber lo que decir, arrastrando las palabras, que a veces parecían como no querer pasar de la garganta, sin atreverse a mirarla, hosco, indeciso... Pensó despedirse y no volver a aparecer por allí; un secreto temor a Caga n'a tenda, un secreto temor que sin embargo no quería confesarse, le obligaba a permanecer pegado a la silla. Tuvo una lucha interna atroz; su vida, toda su vida, desde antes aún de marcharse a Cuba, se le aparecía de la manera más absurda y caprichosa, sin que él la llamase, sin que hiciera nada por recordarla, como si estuviese en sus últimos momentos.

Se acordó del general Weyler, pequeñito, valiente como un león, voluntarioso, cuando decía aquellas palabras tan hermosas de la voluntad.

Pensó ser valiente, tener voluntad.

—¡Bueno, doña Digna! ¡Usted me perdonará!

Sentía vergüenza de permanecer allí ni un solo instante más.

—Hoy tengo que hacer en el puente. ¡Mañana será otro día!

—¡Pero, hombre, Ortiz! ¡Ahora que me estaba usted instruyendo con su charla!

—¡Qué quiere usted, doña Digna! El deber...

—Pero, bueno, unos minutitos más... Espere un momento; le voy a dar una copita de jerez. ¿O es que no le gusta el jerez?

—No se moleste, doña Digna.

—No es molestia, ya sabe usted que no es molestia, que se le aprecia...

Doña Digna fue hacia el aparador; andaba buscando una copita cuando sonó la campanilla, ¡tilín, tilín! Doña Digna se incorporó.

–¡Qué extraño! ¿Quién será a estas horas?

Doña Perfecta volvió a suspirar:

–¡Ay!

Después dijo:

–¡Quién sabe si serán las del registrador! ¡Mira que no estar Dolorosa...!

Serafín estaba mudo de terror. Se sobrepuso un poco, lo poco que pudo, y dijo con menos voz que un agonizante:

–No se moleste, doña Digna; yo abriré.

Sus pasos resonaban sobre la caja de la escalera como sobre un tambor: bajó lentamente, casi solemnemente, apoyándose en el pasamanos. Doña Digna oyó los pasos y le gritó:

–¡Ortiz, puede usted usar el tirador! ¡Está ahí mismo!

Serafín no contestó. Estaba ya ante la puerta sin saber qué hacer; hubiera sido capaz de entregar su alma al demonio por ahorrarse aquellos segundos de tortura. Arrimó la cara a la puerta y preguntó, todavía con una leve esperanza:

–¡Quién!

–¡Abre! ¡Ya sabes de sobra quién soy!

–¡No abro! ¡No me da la gana de abrir!

–¡Abre, te digo! ¡Ya sabes, si no abres!

Serafín no sabía nada, absolutamente nada, pero aquella amenaza le quebró la resistencia; aquella resistencia fácil de quebrar porque estaba más en las manos que en el corazón. Caga n'a tenda le tenía dominado como a un niño, ahora se daba cuenta...

Abrió. Caga n'a tenda, contra lo convenido, no traía la cara tapada; se le quedó mirando fijamente y le dijo, muy quedo, con una voz que parecía cascada por el odio:

—¡Hijo de la grandísima...! ¡Ni eres hombre, ni eres nada! ¡Tira para arriba!

Serafín subió; iba en silencio, al lado del portugués, y los pasos de ambos sonaban como martillazos en sus sienes. Doña Digna preguntó:

—¿Quién era?

Nadie le contestó. Se miraron los dos hombres; no hizo falta más. Caga n'a tenda miraba como debieron mirar los navegantes de la época de los descubrimientos; en el fondo era un caballero. Serafín Ortiz...

Caga n'a tenda llevaba un martillo en la mano; Serafín cogió un paraguas al pasar por el recibidor.

Doña Digna volvió a preguntar:

—¿Quién era?

Caga n'a tenda entró en el comedor y empezó un discurso que parecía que iba a ser largo, muy largo.

—Soy yo, señora; no se mueva, que no le quiero hacer daño; no grite. Yo sólo quiero las peluconas...

Doña Digna y doña Perfecta rompieron a gritar como condenadas. Caga n'a tenda le arreó un martillazo en la cabeza a doña Digna y la tiró al suelo; después le dio cinco o seis martillazos más. Cuando se levantó le relucían sus colmillos de oro en una sonrisa siniestra; tenía la camisa salpicada de sangre...

Serafín mató a doña Perfecta; más por vergüenza que por cosa alguna. La mató a paraguazos, pegándole palos en la cabeza, pinchándole con el

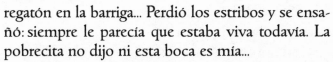

regatón en la barriga... Perdió los estribos y se ensañó: siempre le parecía que estaba viva todavía. La pobrecita no dijo ni esta boca es mía...

Saquearon, no todo lo que esperaban, y salieron escapando.

* * *

Serafín fue a aparecer en el monte Aloya, con la cabeza machacada a martillazos. De Caga n'a tenda no volvió a saberse ni palabra.

El revuelo que en el pueblo se armó con el doble asesinato de las señoritas de Moreno Ardá, no es para descrito.